상페의 스케치북

이 책은 실로 꿰매어 제본하는 정통적인 사철 방식으로 만들어졌습니다.
사철 방식으로 만든 책은 오랫동안 보관해도 손상되지 않습니다.

상페의 스케치북

장자크 상페 지음
양영란 옮김

눈 뜨고 꾸는 꿈

　　장자크 상페의 〈스케치북〉은 내 생각이 맞았음을 확인시켜 준다. 열아홉 살 즈음에 보르도에서 출발한 기차에 몸을 싣고 이제 막 파리에 도착한 청년, 〈가진 거라곤 오로지 평온한 두 눈〉── 시인 베를렌의 표현을 빌자면 ── 뿐이었던 그 청년은 언제나 일만 하는 노력파였다. 여기서 그게 어떤 의미의 일인지도 분명히 해둘 필요가 있겠다. 내가 보기엔 마치 설계도를 그리는 일 같다.

　　하지만 단순화해 가는 과정에서 선들이 점점 굵고 진해지는 것과는 거리가 멀게 상페는 그 선들을 오히려 점점 더 가볍게, 거의 형체라고는 없는 비물질처럼 만든다. 그가 그린 그림 각각엔 제각기 설명이 붙어 있다. 단상, 혹은 대단히 진지하고 심각한 투로 발설된 고백이 그림에 날개를 달아 준다. 이를테면 말들은 그림이 지닌 멜로디를 지원해 주는 화음처럼 울린다.

　　이번 『상페의 스케치북』을 보면 책을 한 권 낼 때마다 상페가 마침내 가장 적절한 음에 도달하기 위해서 수십 수백 권의 스케치북을 가득 채웠음을 짐작할 수 있다. 그의 작업은 나에게 무대 위에서의 유려함으로, 보조 봉 앞에서 보낸 고된 연습 시간을 잊게 해주는 무용수들을 상기시켜 준다.

　　맞는다. 곰곰이 생각해 보면, 상페의 그림들은 현대 무용이나 발레처럼 매우 밀

접한 음악적 움직임으로 살아 숨 쉰다. 상페와 더불어 우리는 캐리커처나 사회 풍자를 훌쩍 뛰어넘는다. 그가 그리는 인물들은 ─ 심지어 심각한 대화를 나누는 품위 있는 부인들이나 나무랄 데 없는 정장을 쫙 빼입은 신사들까지도 ─ 중력의 법칙에서 멀찌감치 비켜나 있는 것 같은 분위기를 풍긴다. 그들은 내가 어린 시절에 처음으로 발레 공연 ─ 제목이 〈몽유병 환자들〉이었다 ─ 을 보았을 때 느낀 그 정서를 불러일으킨다. 내 기억이 맞는다면, 수석 여성 무용수는 천천히, 마치 공중 부양 현상처럼 계단을 올라왔다. 상페가 그리는 겉보기에 평범한 인물들과 그들이 주고받는 이야기 속에는 몽유병 환자의 우아함과 버스터 키턴[1] 방식의 애조를 띤 뻣뻣함이 깃들어 있다. 그리고, 그렇듯 그림들이 꿈과 일상에 동시에 뿌리를 내리고 있다고 느끼게 하는 이면에는 매우 예리하고 정교한 작업이 있었으리라고 짐작할 수 있다.

이 『상페의 스케치북』에는 또한 끊임없이 고치고 또 고쳐지는 상페의 텍스트들도 수록되어 있다. 그의 수정 작업은 첨가인 적이 없고 항상 삭제 쪽이다. 빼기를 통해서 문장을 한층 더 촘촘하게 만들고 군더더기를 덜어 내고 최대한 생략의 미를 구사한다. 상페와 함께 『발레 소녀 카트린』 작업을 진행했을 때, 나는 그가 가진, 뭐랄까, 응축의 재능을 금세 알아보았다. 상페는 용케도 문단 하나를 단지 몇 개의 단어로 줄이고는, 그 단어들을 마치 그림 속의 등장인물이 그랬을 것처럼 소리 내어 읊조렸다.

그런 순간이면 나는 그를 보면서 마르셀 에메[2]를 떠올렸다. 나는 열여덟 살 때 몽마르트르의 한 골목에서 그를 마주쳤지만, 그땐 감히 아는 체도 하지 못했다. 그런데 상페와 마르셀 에메 사이에는 공통점이 하나 있는데, 두 사람 모두 일상적 삶의 요소들을 활용해서, 그러니까 어린 시절에 그랬듯이 두 눈을 크게 뜨고서 주변

---

1 Buster Keaton(1895~1966). 본명은 조지프 프랭크 키턴. 미국의 영화배우, 감독, 각본가. 〈위대한 무표정〉이라는 별명으로 유명하다. 이하 모든 주는 옮긴이의 주이다.
2 Marcel Aymé(1902~1967). 프랑스의 소설가이자 극작가. 한동안 2류 작가로 평가받다가 뒤늦게 풍자와 유머, 타고난 이야기꾼 재능을 인정받았다.

의 사람들이며 사물들을 주의 깊게 관찰함으로써, 눈 뜨고 꾸는 꿈을 만들어 낼 줄
안다는 점이다.

어느 날 나는 내가 상페와 마르셀 에메와 함께 몽마르트르 콜랭쿠르가(街)에 자
리한 한 카페 — 현실에서는 〈꿈〉이라는 이름을 가진 곳이다 — 의 테라스에 앉아
있는 상상을 했다. 우리는 셋 다 말수가 많지 않은 사람들이므로 대화라고 해야 고
작 이런 정도였다.

「오늘 날씨가 좋군.」

「그래, 날씨가 좋아.」

「아주 좋아.」

「좋아.」

어쩌면 상페가 그린 그림 속 장면이었을 수도 있다.

파트리크 모디아노[3]

3 발표한 전 작품을 대상으로 2014년 노벨 문학상을 받은 프랑스의 소설가. 대표작 『어두운 상점들
의 거리』는 프랑스의 가장 권위 있는 문학상인 공쿠르상을 받았다. 장자크 상페와는 무용수를 꿈꾸는
소녀 이야기를 그린 『발레 소녀 카트린』을 함께 작업하면서 지금까지 우정을 쌓아 오고 있다.

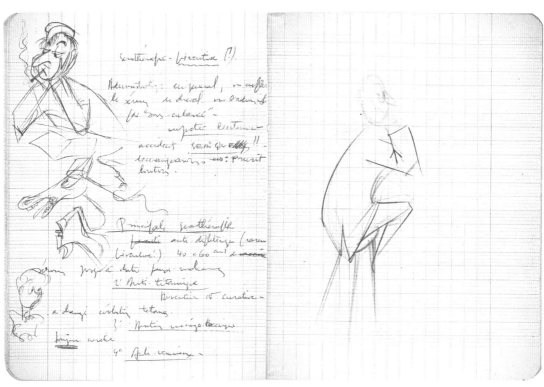

젊은 시절 노트

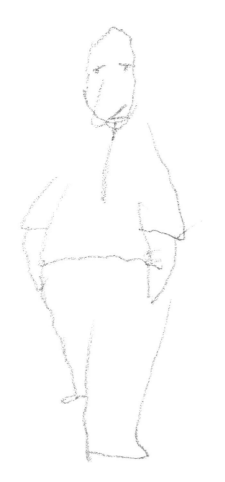

mon ostéopathe
qui vient des carpates
a ce qui ni été
de très grosses pattes
il me contorsionne
il me tirebouchonne

나의 접골사
그는 카르파티아 출신의 의사
난 깜짝 놀라
엄청나게 큰 발을 가졌거든 그가
그가 나를 비트네
그가 나를 배배 꼬네.

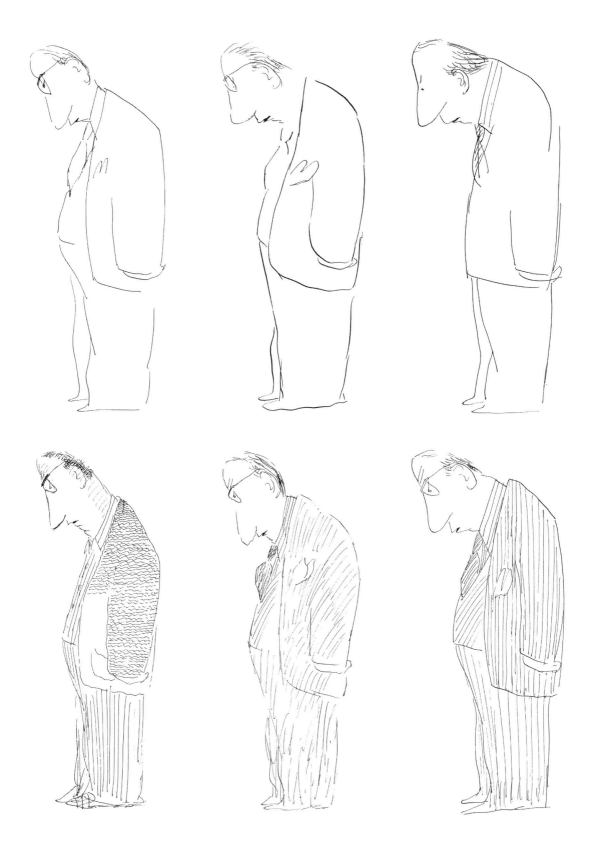

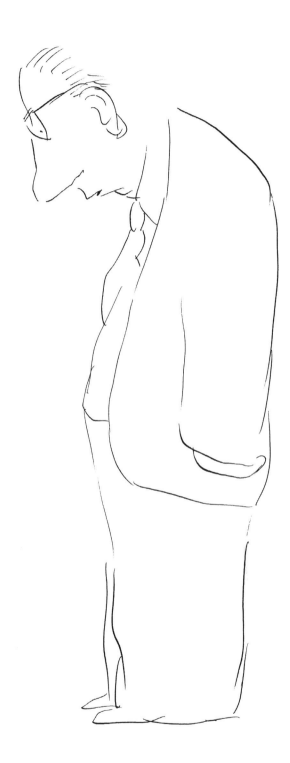

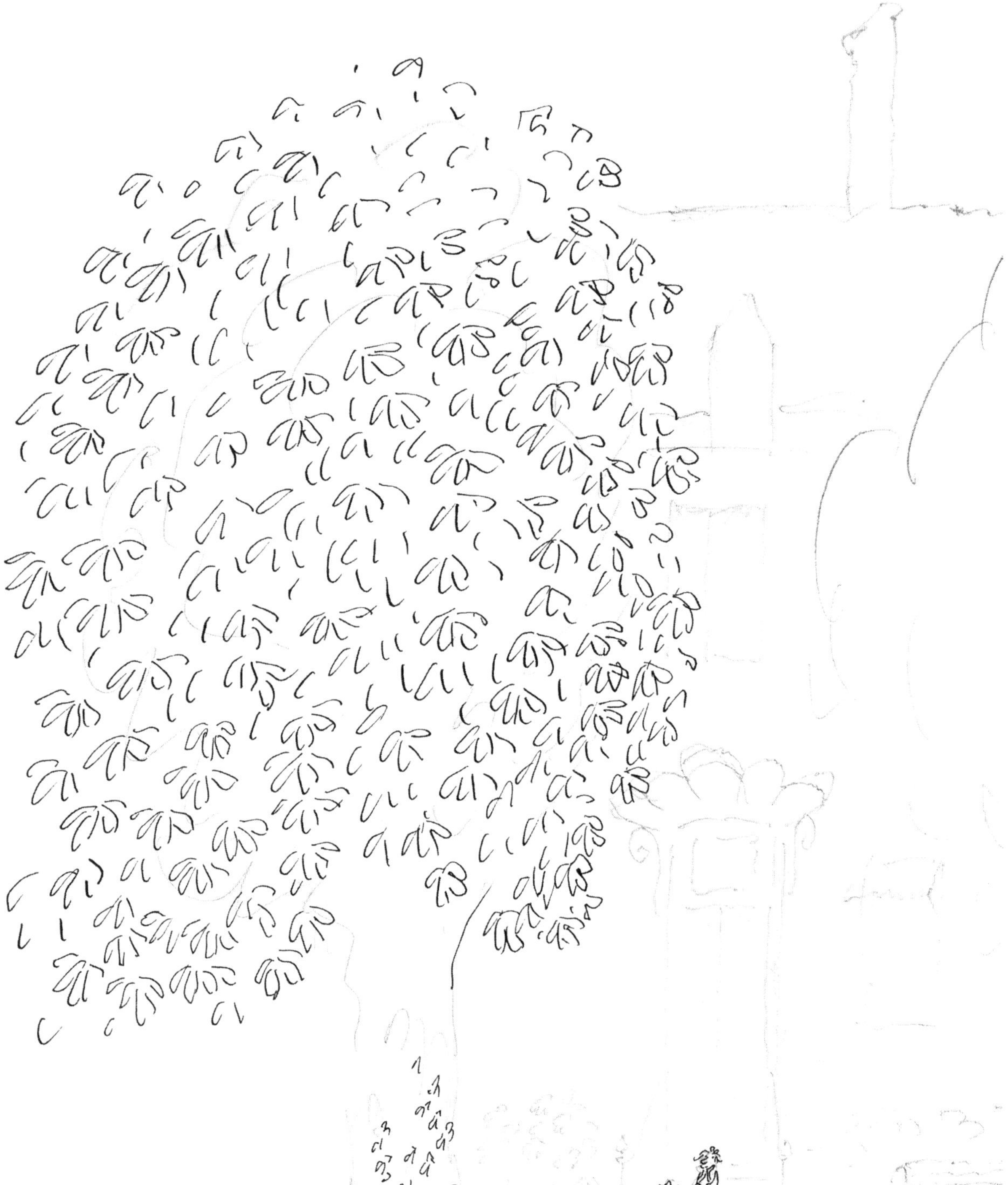

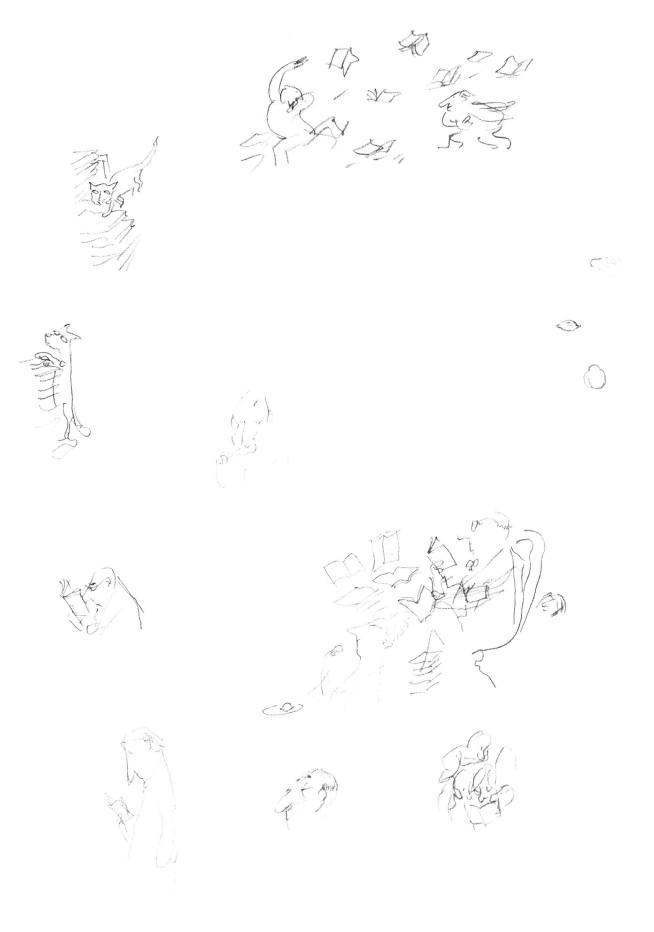

『뉴요커』1983년 9월 12일 자 표지를 위한 습작.

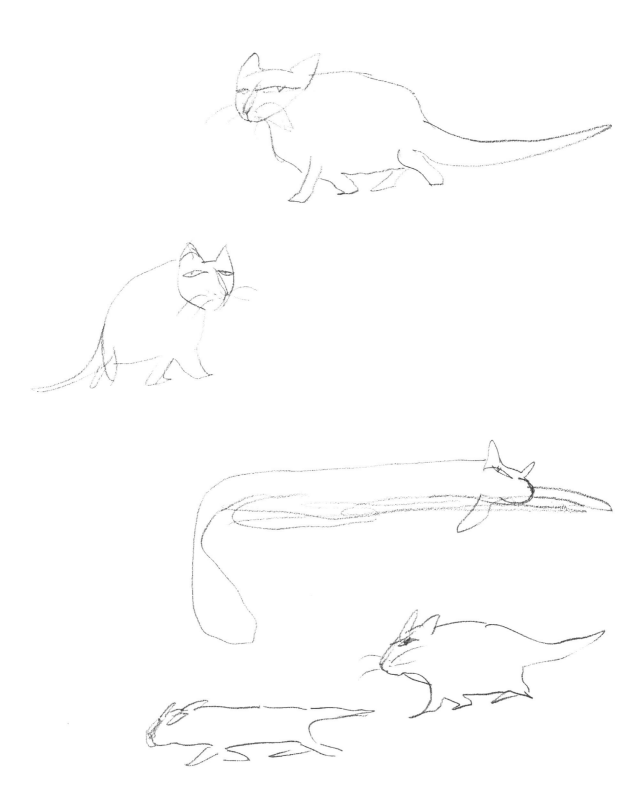

『뉴요커』 1982년 3월 1일 자 표지를 위한 습작.

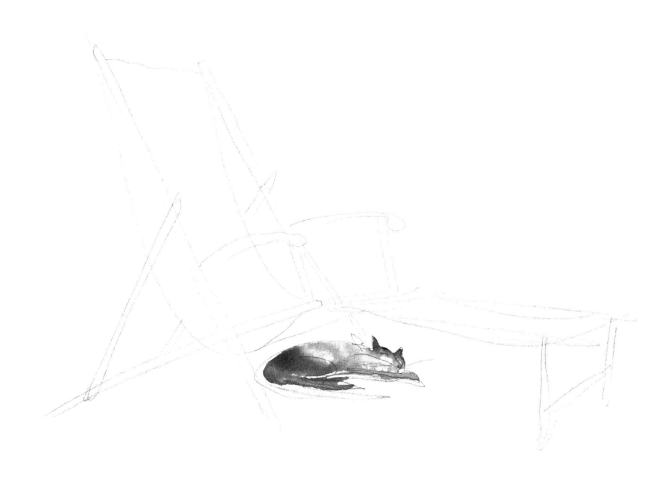

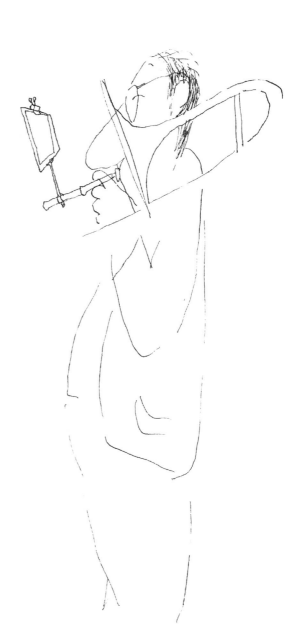

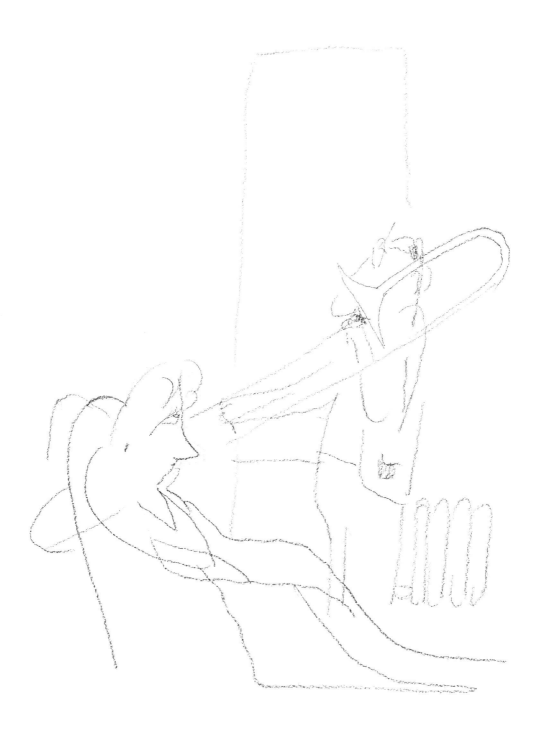

생트로페

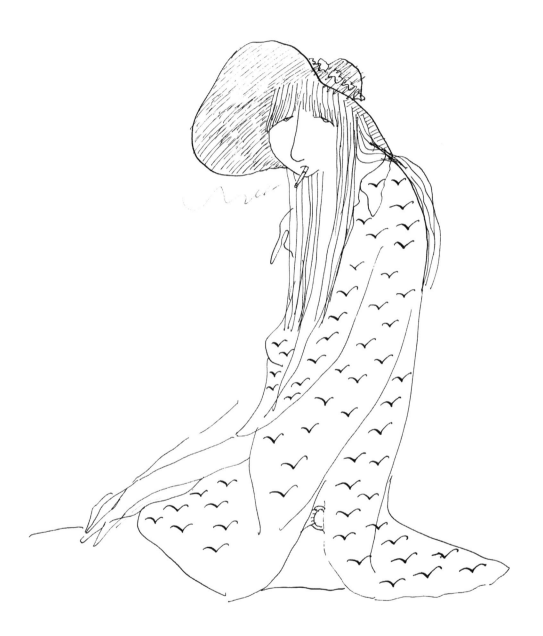

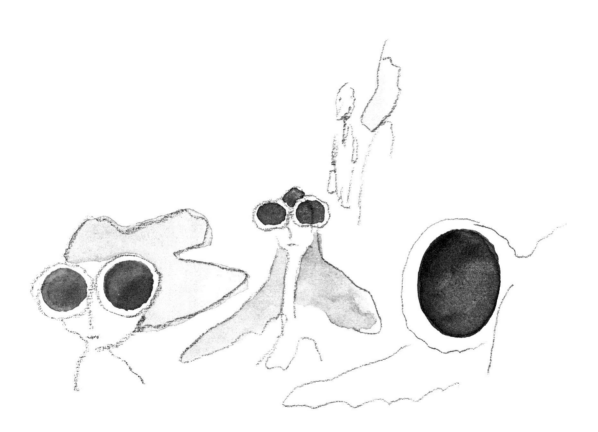

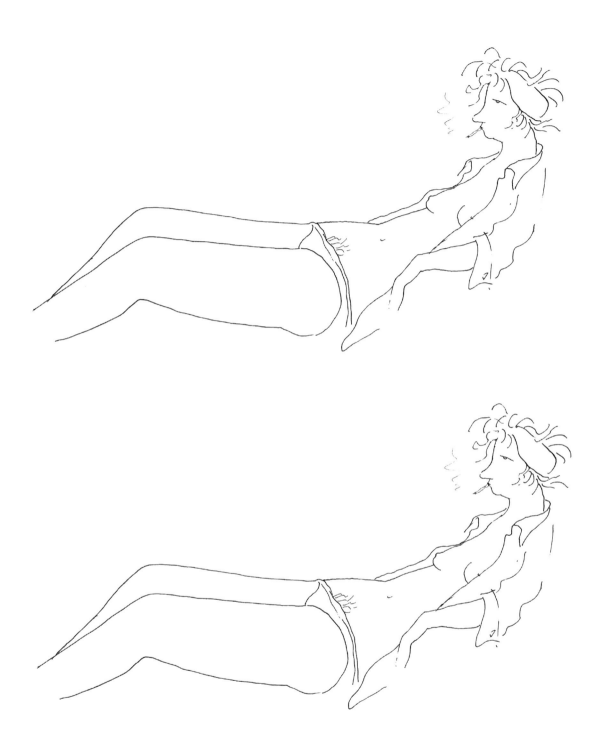

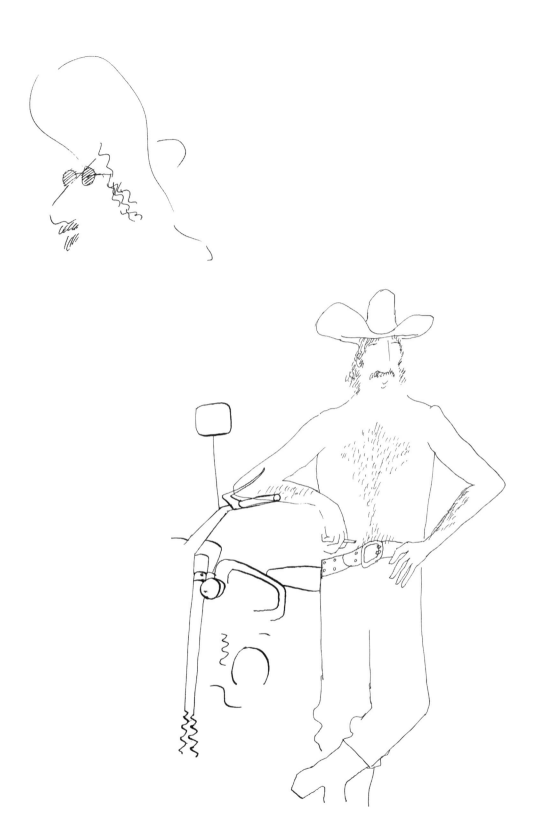

뉴욕

109

110

jaime beaucoup
les Français: ils consi-
dèrent les femmes
comme les êtres humains

난 프랑스 사람들을 엄청 좋아해. 그 사람들은 여자를 인간으로 간주하거든.

롱아일랜드섬

Long Island

112

득시글거리는 줄무늬 조끼며 러닝셔츠.

feacoung le
gilets,
de maillots se
corps rayés.

113

센트럴 파크, 6월 9일.

Central Park. 9th
June

Central Park 10 th. June

뉴욕 현대 미술관, 11일 수요일.

Museum of modern Art
Wensday 11th

PIZZA - PAZZA

PIZZA SLICES · HAMBURGERS · SAUSAGE SANDWICHES 2

DRINK Coca-Cola

At the Village

빌리지에서.

rouleaux
sur la
tête.

머리 위의 롤러.

129

카페 피가로

Café Figaro.

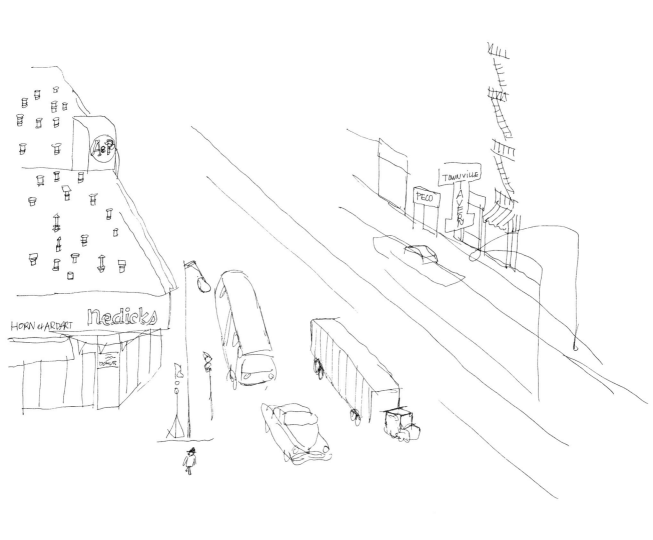

HORN el ARDART nedicks

A&P

TOWNVILLE
PECO
TAVERN

DONUT

135

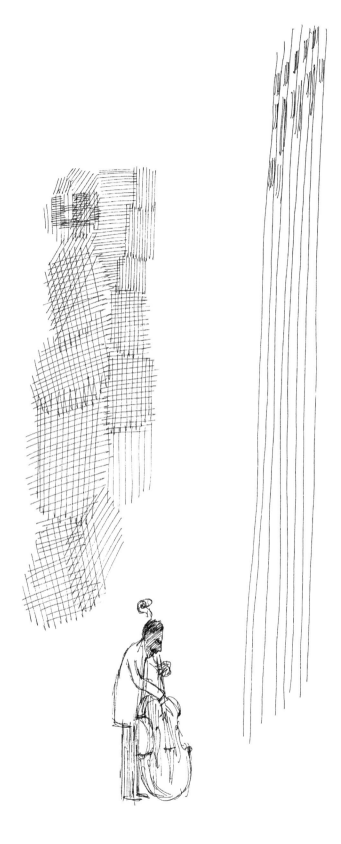

파리

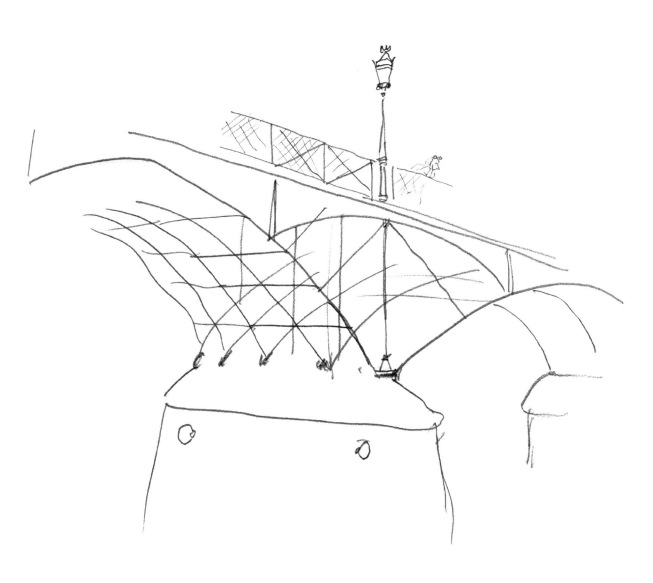

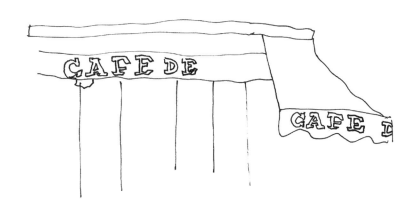

카페 드 플로르

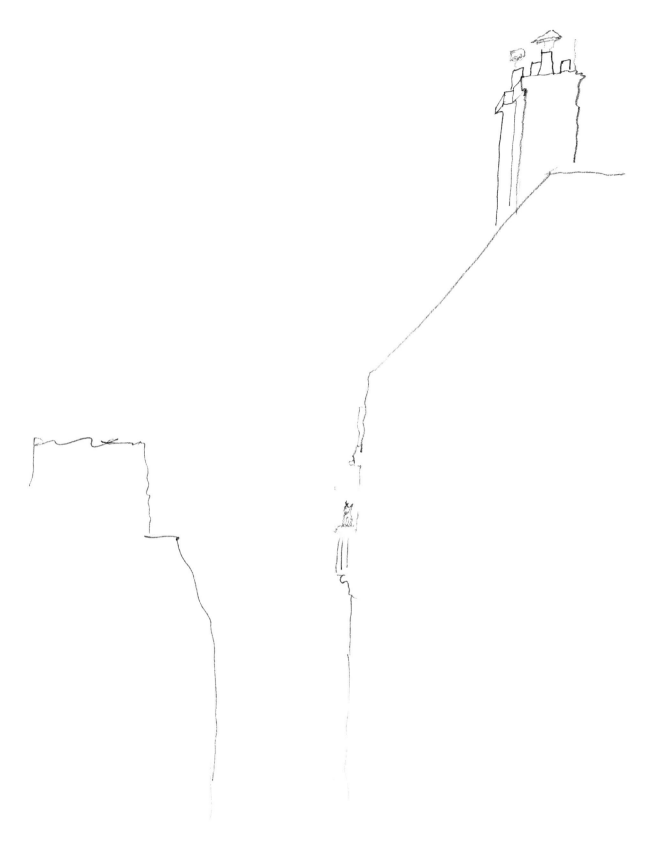

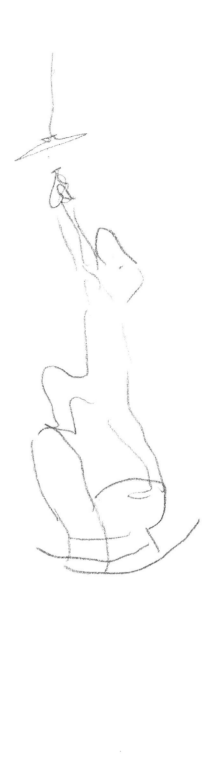

낮게 더 낮게

늙은 몸뚱어리, 카페라테.

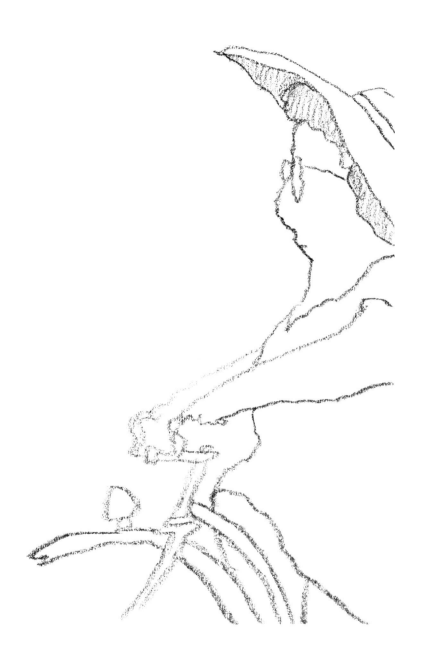

IDÉES

아이디어

ESQUISSE

N° 483.105

La France est le pays où les républiques passent, mais où les lieux communs ont la vie dure demeurent.

Ernest Cannegrain.

프랑스는 공화국이 몇 번씩 바뀌어도
진부한 생각들은 고집스럽게 남아 있는 나라이다.
에르네스트 카스그랭[4]

s'allument
quand les enseignes lumineuses à ce moment du jour qui n'est plus tout à fait le jour et pas encore la nuit, quand la ville prend son aspect le plus tendre

더는 낮이 아니면서 그렇다고 아직 밤도 아닌 그 순간에 네온사인들이 켜질 때,
도시가 가장 부드러운 모습을 보여 줄 때.

4 Ernest Cassegrain(1862~1899). 프랑스 낭트에서 태어난 사업가.

이게 오케스트라 지휘자의 보면대로군.
여기서 지휘봉 하나로 80명에서 90명가량 되는
사람들을 이끄는 게지.

Et le plus chaleureux ~~~~~~ cit qu'il me sent enveloppé ~~~~~~ , protégé dans le sein de cette immense famille

이렇게 거대한 가족의 품 안에 포근히 안겨 보호받고 있다고 느낄 수 있기를.

Allo?.. qui est à l'appareil?
excusez-moi je vous entends
très mal ..Allô.. comment?
Nicole .. Heu.. vous voulez
parler à Jacques

여보세요? 누구시죠?
죄송합니다만, 잘 들리지…… 않는군요.
여보세요……. 뭐라고요? 니콜……
에…… 자크와 통화하고 싶으시다고요?

C'est le moment où je suis assailli par un sentiment injuste, et que je n'ai pas mérité : la culpabilité.

내 안에서 부당하다는 감정이 치솟아 오르고,
나는 그런 대접을 받아야 할 만한 짓을 하지 않았을 때, 그게 바로 죄책감이다.

je suis une sorte

— j'ai en moi une sorte
de machine emballée...

내 속엔 일종의 폭주하는 기계가 있지.

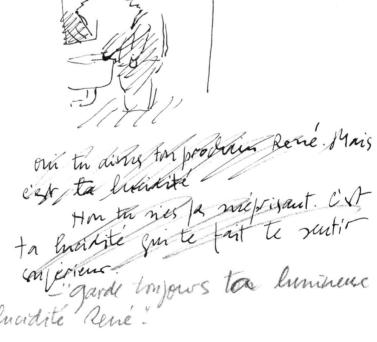

oui tu dirais ton prochain René. Mais
c'est ta lucidité
Hon tu nies la méprisant. C'est
ta lucidité qui te fait te sentir
supérieur...
"garde toujours ta lumineuse
lucidité René."

언제까지고 너의 그 번뜩이는 통찰력을 간직하렴, 르네.

— La Solution est en vous, mon cher Paringal, elle et en vous!: faites vous sauter le caisson!...

해결책은 자네 안에 있네, 친애하는 파랭갈.
자네 안에 있다고! 그러니 상자를 부숴 버리게나!

Je suis perdus de psychologie

나는 심리학 때문에 어찌할 바를 모르겠습니다.

qu'est ce que tu aurais fait
avec un type qui t'avait
donné un bonheur, complet
et fadasse?

당신이라면 완전하긴 하지만 감칠맛이라고는 전혀 없는 행복을 주는 남자와
어떻게 했을 것 같은데요?

— Frappez et on vous
ouvrira.

두드려라. 그러면 열릴 것이다.

idée.

une forêt.
on coupe les arbres.
on construit de grands habitations.
dans chaque fenêtre un petit arbre.

아이디어

숲이 있다.
사람들이 나무를 벤다.
거기에 대규모 주택 단지를 건설한다.
창문마다 작은 나무 한 그루.

— j'aimerais bien aller dans
le sens de l'Histoire…

나는 역사가 진행하는 방향으로 가고 싶어…….

_ il n'y a rien de plus compliqué que les histoires sentimentales.

연애사만큼 복잡한 건 세상에 없다네.

Je suis entré dans la Résistance le jour de mes 14 ans. C'était la semaine dernière. (c'était le jour où précisément mes cousins ont envahi cette maison) et depuis lors ma lutte dans l'ombre qui consiste # en maints sabotages (crevaisons de pneus, araignées dans leurs lits, maillots de bains dérobés, planches à voiles démâtées) ne cessera que le jour où vaincus, ils repartiront chez eux.

나는 열네 살이 되던 날 레지스탕스에 들어갔죠. 그게 그러니까 지난주였어요. 정확하게 말하자면 내 사촌들이 이 집에 쳐들어온 날이죠. 그날 이후 시작된 음지에서의 나의 투쟁은, 그게 그러니까 태업(타이어 펑크 내기, 침대 속에 거미 넣어 두기, 수영복 숨겨 두기, 윈드서핑용 마스트 부러뜨리기)이라고 할 수 있는데, 암튼 항복한 그들이 자기 집으로 돌아갈 때까지 멈추지 않을 겁니다.

—Fête donné pour le dentier
de Madeleine.

마들렌의 틀니를 위한 잔치.

_ un Lion blessé et
toujours cruel!

사자는 상처를 입어도 여전히 잔인한 법이지!

— Il faut comprendre son agressivité.
avec l'enfance qu'il a eue: un père multi-
millionnaire, une mère pour qui il était tout.
Toutes les filles qu'il voulait etc...

그의 공격성을 이해해 줘야 해요. 그의 어린 시절을 생각해 보시라고요. 억만장자 아버지에
그 애가 세상의 전부라고 생각하는 엄마. 게다가 그 애가 원했던 그 모든 여자까지…….

— Ls carnaval ne sont plu ce qu'ils
étaient

카니발이 영 예전 같지 않군.

저이는 친밀하게 알게 되면 전혀 저렇지 않아요.

J'ai bien réfléchi et calculé : il doit y avoir environ 3.000 femmes ravissantes. Parmi ces 3.000. 2.800 sont sûrement mécontente de leur amant ou de leur mari. Ces 2.800 ~~depuis~~ au moins 600 ~~sont~~ sont réellement décidés à changer de vie si l'occasion s'en présente et parmi elles,

se trouver, sûrement une *~~petite~~ femme*
qui me conviendrait *parfaitement et*
avec qui je connaîtrais *~~me~~ bonheur. parlou*
Je peux la rencontrer soit *chez des amis.*
soit par hasard dans la rue. Dans la
rue, *si* elle ne se laissera pas aborder *~~jusqu~~*
si elle *~~répondra~~* à la *réserve* ~~~~ que
je recherche chez une femme. Dans le
travail ça ne marchera pas non *plus : je ne*
veux pas d'une femme qui travaille, et
si elle *~~y~~* travaille elle *et* *freinent personnel*
pas une travail qu'elle adore. J'ai tré
peu d'amis qui ne reçoivent pratique-
ment jamais : alors c'est décidé
je reste avec Hélène.

난 열심히 생각하고 계산도 해봤어. 세상엔 매력 넘치는 여성이 약 3천 명 정도 있지. 그 3천 명 중에서 2천8백 명은 분명히 애인이나 남편에 대해서 만족하지 않을 거야. 그 2천8백 중에서 적어도 6백은 그렇기 때문에 실제로 기회만 오면 인생을 바꾸겠다고 결심했을 것이고, 그런 여자 중에는 분명 나와 완벽하게 어울리며, 나와 함께 흔들리지 않는 행복을 꾸려 갈 수 있는 여자가 한 명은 있을 거야. 난 그 여자를 친구들 집에 놀러 갔다가 만날 수도 있고, 길에서 만날 수도 있을 테지. 길에서라면 그 여자가 곁을 주지 않을지도 모르지. 내가 원하는 대로 조심성 많은 여자라면 말이지. 직장에서는, 그것도 곤란할 거야. 난 여자가 일하러 나가는 건 원하지 않거든. 만일 일을 한다면, 그 여자는 자신이 좋아하고 몰두할 수 있는 일을 할 테지. 그런데 난 친구가 많지 않은 데다, 몇 안 되는 친구들마저 손님 초대 같은 건 거의 하지 않아. 그러니 결론은 났어. 난 계속 엘렌과 살아야 해.

— T'es une belle pute, mais je t'adore.

자기는 아름다운 창부야. 그래도 난 자기를 엄청 좋아해.

—Tout d'abord, que je me présente : César Lavergne,
~~médaille d'argent du Salon de Grignevaux~~
plusieurs médailles, or, argent et bronze dans
divers Salons —

우선 내 소개부터 하지. 난 세자르 라베르뉴라고 하는데, 다양한 전람회에서 금, 은, 동메달을 여러 개 받았지.

나는 이른바 스물일곱 명의 여자와 사귀었지.

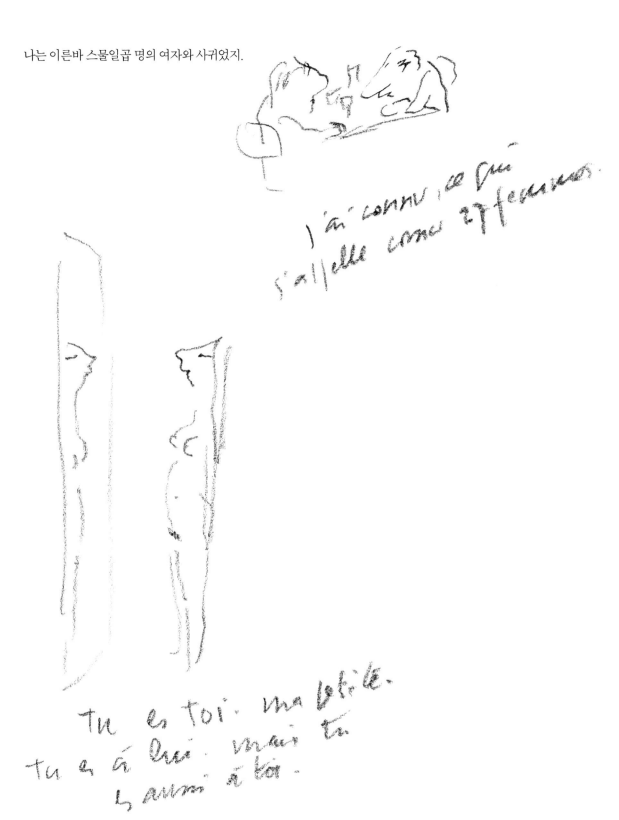

J'ai connu ce qui
s'appelle vingt-sept femmes.

Tu es toi. ma petite.
tu es à lui. mais tu
es aussi à toi.

애야, 너는 너야.
너는 그 남자 거야. 하지만 너는 너의 것이기도 해.

~~Tu ne m'as~~

Il faut regarder ~~de~~ les choses en face : tu ne m'as pas fait oublier ma seconde femme je ne t'ai pas fait remplacer ton second mari. De même que ton second mari n'avait pas remplacé le premier, ~~ma femme~~ ma deuxième femme n'avait pas remplacé la deuxième. Il faut reconnaître que nos premiers conjoints n'ont jamais réussi à nous faire oublier nos premiers amours. C'est pourquoi il est ridicule de nous obstiner. Séparons-nous : je veux épouser Solange.

현실을 직시해야 해. 당신은 나에게 내 두 번째 아내를 잊어버리게 하지 못했고, 나는 당신의 두 번째 남편을 대체하지 못했지. 당신 두 번째 남편이 첫 번째 남편을 대체하지 못한 것과 마찬가지로, 내 두 번째 아내도 첫 번째 아내를 대체하지 못했고. 그러니 우리의 이전 배우자들이 우리의 첫사랑들을 잊어버리게 하는 데 성공하지 못했다는 사실도 인정해야만 해. 우리가 고집을 부리는 게 우스운 것도 바로 그 때문이고. 그러니 우리 헤어집시다. 난 솔랑주와 결혼하고 싶거든.

난 특정한 누군가를 원망하지 않네.
난 사회 전체를 원망하는 걸세.

현시점에서, 우리의 현대적 삶에서, 우리는 우리 지방의 관광을 활성화하기 위해서는, 무기력, 비효율, 전적인 조직력 부재 등 우리가 가진 천연자원을 십분 활용해야 합니다.

on s'américanise de plus en plus...

사람들이 점점 더 미국 사람 같아진다니까.

*— J'ai comprimé ma tendresse
pendant suffisamment longtemps
pour qu'un jour elle vienne poste jg
en un torrent dévastateur*

나는 적당히 오랫동안 애정을 절제해 왔습니다. 어느 날 갑자기 굶주렸던 애정이
모든 것을 휩쓸어 가는 격랑으로 폭발하는 일은 없어야 할 테니까요.

En société je suis toujours mal à l'aise, car
j'ai remarqué que c'est toujours la personne
que je to

Je suis mal à l'aise en société, car j'ai
remarqué que c'est toujours la personne que je
trouve la plus stupide que je réussis à faire rire.

난 여러 사람과 함께 있는 것이 불편한데, 왜냐하면 말이죠,
모인 사람들 가운데 제일 멍청하게 보이는 사람만 내가 하는 말에 웃더라고요.

Il faut que nous quittions, René. J'ai assemblé
suffisamment de matériaux pour faire un
livre de 7 ou 8.000 exemplaires reliés,
30 ou 40.000 edition brochée.

우리는 서로를 떠나야 해, 르네. 난 이미 책을 써서 정식 제본 7~8천 권,
가제본 3~4만 권 정도 찍어 낼 자료를 모아 두었거든.

— Tout ce qu'on peut dire c'est que
vous avez mangé votre pain blanc en
premier.

우리가 할 수 있는 말이라고는 고작 당신이 먼저
식전 빵을 집어 먹었다 정도라고요.

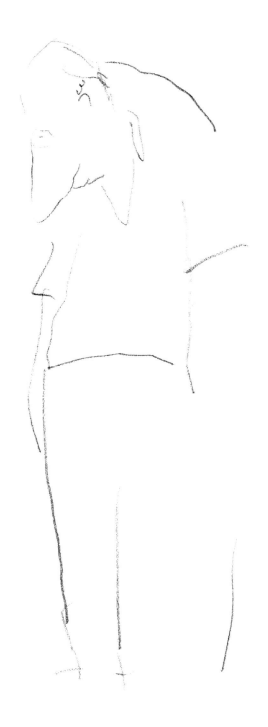

난 당신 같은 남자와 18년 동안 살았다고요.

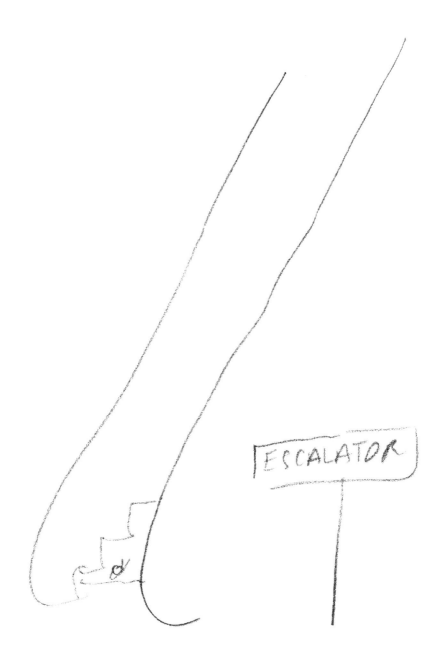

에스컬레이터

『마주 보기』표지 초안.

드노엘 출판사에서 나온 『정보 소비 *L'information Consommation*』 표지 초안.

sempé

L'INFORMA

Consommation

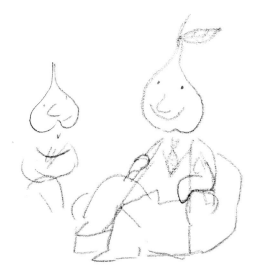

IDÉE CONTE POUR ENFANTS –

Ma mère dit à mon père "tu
as dû te tromper" mon père répondit
"mais non! il va y avoir un croise-
ment et nous tournerons à droite"
il y eut un croisement et nous
tournâmes à droite. Après un
kilomètre ou 2 mon père dit "
nous avons dû nous tromper" "Reve-
nons au croisement" dit ma
mère" Nous fîmes marche
arrière mais nous ne retrouvions
pas le croisement. "Il faudrait
demander notre chemin" dit ma
mère. "Mais à qui? dit mon père
il n'y a personne. Nous roulâmes
encore deux ou trois kilomètres.
Médor se réveilla. Il tremblait
légèrement, aboya doucement
comme pour s'éclaircir la voix
et dit "Contre-filet garni
vaut mieux que promesse vague"
Mon père freina brusquement
ma mère cria "Mais!" et, nous
ne savions pas sans savoir pour
quoi, nous descendîmes en

hâte de la voiture. "Mais il
parle!" dit mon père. Ma
sœur se mit à pleurer. +
Mon père ferma à clef, fébrile-
ment les portières, mais comme
une des vitres était restée ouverte
nous entendîmes Médor déclarer
"Ciel nuageux et barbare n'annonce
rien de bon" et de fait, il
se mit à pleuvoir fortement.

아이디어
어린이를 위한 동화

엄마가 아빠에게 말했다. 「당신이 분명 잘못 생각했을 거야.」 아빠가 대답했다. 「아니, 그럴 리 없어! 분명 교차로가 나올 거야. 그러면 거기서 오른쪽으로 꺾으면 돼.」 교차로가 나왔고 우리는 오른쪽으로 꺾었다. 1~2킬로미터쯤 갔을 때 아빠가 말했다. 「이 길이 아닌가 봐.」 「그러면 다시 교차로로 가요, 왔던 길을 되돌아가자니까.」 하지만 우리는 교차로를 찾지 못했다. 「길을 물어봐야겠어.」 엄마가 말했다. 「누구한테? 아무도 없는데.」 아빠가 말했다. 우리는 2~3킬로미터쯤 계속 달렸다. 메도르가 잠에서 깨어났다. 녀석은 가볍게 몸을 떨더니 목청을 가다듬기라도 하듯이 얌전히 짖더니 말했다. 「등심 한 접시가 막연한 약속보다 나은 법.」 아빠가 급작스럽게 브레이크 페달을 밟자 엄마가 고함을 질렀다. 「아니!」 그러고는 왜 그랬는지 모르게 우리 모두 서둘러서 차에서 내렸다. 「아니, 녀석이 말을 하잖아!」 아빠가 말했다. 여동생은 울음을 터뜨렸다. 아빠가 열에 들뜬 사람처럼 차 문을 열쇠로 잠갔는데, 차창 하나가 열려 있자 메도르가 또 입을 열었다. 「구름 끼고 야성적인 하늘은 좋은 징조가 아닐세.」 그리고 실제로 비가 쏟아지기 시작했다.

그는 누보로망[5] 부류의 책을 쓰지만, 삶에서는 아주 친절한 남자다.

있는 그대로의 나라는 남자는 우수에 잠겨 내가 되어야 했을 남자를 바라본다.

자크 타티의 전화번호 256-06-07.

---

5 전통적인 소설의 형식이나 관습을 부정하고 새로운 수법을 시도한 소설. 1950년대에 프랑스에서 시작한 것으로, 특별한 줄거리나 뚜렷한 인물이 없고 시점이 자유롭다.

여행자들의 호텔

옮긴이 **양영란**

서울대학교 불어불문학과와 동 대학원을 졸업하고, 프랑스 파리 3대학에서 불문학 박사 과정을 수료했다.『코리아헤럴드』기자와『시사저널』파리 통신원을 지냈다. 옮긴 책으로『잠수복과 나비』,『지금 이 순간』,『꾸뻬 씨의 핑크색 안경』,『아가씨와 밤』,『작가들의 비밀스러운 삶』,『철학자의 식탁』등이 있으며, 장자크 상페의 책으로는『진정한 우정』,『상페의 어린 시절』,『상페의 음악』,『계속 버텨!』등이 있다.

상페의 스케치북

지은이 장자크 상페 **옮긴이** 양영란 **발행인** 홍예빈·홍유진 **발행처** 주식회사 열린책들
주소 경기도 파주시 문발로 253 파주출판도시 **대표전화** 031-955-4000 **팩스** 031-955-4004
홈페이지 www.openbooks.co.kr
Copyright (C) 주식회사 열린책들, 2022, *Printed in Korea.*
ISBN 978-89-329-2208-9 03860 **발행일** 2022년 2월 25일 초판 1쇄